얼굴 어딨어

유제희 동시집

얼굴 어딨어

2025 당진 문학인 출판사업

시인의 말

눈으로 보이지 않는 곳까지
두드려보고, 열어보고, 만져보고
궁금해 하는 마음이 삶을 벅차게 합니다.

마당가에 서 있는 촛불맨드라미에게도
소리 밖에 없는 수컷 매미에게도
언제나 내 편인 일곱 손주와
응원해주는 분들에게 감사하며
여름을 건너갑니다.

2025. 늦여름
원덕골에서

차례

책을 열며 · 004

제1부 꽃들에게도 주소가 있다

꽃들에게도 주소가 있다 · 012

가을도 물고 갔나 봐 · 013

고물세탁기 · 014

이걸 어째 · 016

엄마 얼굴 · 017

엄마 말 좀 듣지 · 018

엄살쟁이 자동차 · 020

친구와 싸운 날 · 022

너 때문에 · 024

곰배령 가는 길 · 025

숙제검사 · 026

동글이 · 027

바람이 지날 때마다 · 028

참새와 허수아비 · 029

가을 나뭇잎 · 030

제2부 꽃물이 드는 동안

콩돌 해변에서 · 034

엄마의 핸드폰 · 035

빨랫줄 · 036

봉숭아 꽃물 · 038

여뀌 · 040

고추 · 041

꼬꼬댁 꼬꼬 · 042

엄마 오는 날 · 044

무슨 잘못 했길래 · 046

봄소식 · 048

과꽃 · 049

덕산 장 날 · 050

바보 같은 · 052

다 알아 · 054

뽕 뽕 뽕나무 · 055

제3부 몸으로 쓴 초대장

멸치볶음 · 058

비 온 뒤 · 059

문구점에 가면 · 060

귀한 아이들 · 062

급하단 말이야 나도 · 064

엄마는 · 065

성못길 · 067

봄비 · 065

사랑이네 · 068

네 잘못이야 · 070

봄 · 072

햇볕 울타리 · 073

알미운 매미 · 074

할머니 집 · 076

놀고 싶다고 · 078

제4부 하늘 바다 우리 동네

어쩌라고 · 082

모 심는 날 · 083

넌 어디야 · 084

상수리 나무 · 086

하늘 바다 · 088

아~ 해 봐 · 086

파리 교실 · 092

장 담는 날 · 094

우리 집 방글이 · 096

아껴 먹다가 · 098

심심한 날 · 100

귀뚜라미 · 102

겨울 풍경 · 104

개망초꽃 · 106

얼굴 어뎄어 · 107

해설 · 108

제1부

꽃들에게도
주소가 있다

꽃들에게도 주소가 있다

꽃들에게도 주소가 있다
글자로는
숫자로는
찾을 수 없는

아이들 뛰어노는
교실 앞 꽃밭이나
차들이 바람처럼 달리는
우리 동네 큰 길 가
외할머니 떠나신
빈 집 마당에도

이슬만 알 수 있는
바람만 알 수 있는
작년에 피고 진자리
꽃들에게도 주소가 있다

가을도 물고 갔나 봐

뒷동산
어깨동무하고
마을을 내려다보는
키 큰 상수리 나무

-아이구 팔이야
잘 영근 상수리
손을 놓는다

늦가을 햇살에
졸고 있는 한낮
툭!
상수리 떨어지는 소리에
놀라 달아나는 청설모

청설모가 가을도 물고 갔나 봐
상수리 떨어지고
금방 겨울이 온 걸 보면

고물세탁기

내 나이와 똑 같은
우리 집 세탁기

사춘기 형처럼
덜커덩덜커덩
불만만 내뱉고
엄마 말도 안 듣는다

엄마는 야단도 안 치고
-쉴 때도 됐지
 네 덕분에 우리 아이들
 이만큼 자랐는데…

일요일 아침부터
두드리고 조이고
아빠가 달래보지만
꿈쩍도 안 한다

투덜거리는 세탁기
고물장사에게 팔았다
만원 받고

이걸 어째

항아리 속에서
사그락사그락
서로를 끌어내리던 그놈들
엄마가 돌덩이로 꽉 눌러 놓았다

조용해진 참게장 항아리
엄마 몰래 살짝 열어 봤더니
친구들 밟고 올라온 그놈
다리 열 개 몸통 밑에 숨기고
돌 위에 대장처럼 올라앉아
눈이 딱 마주쳤다

살려줘야 하나
말아야 하나

엄마 얼굴

-학교 끝나고
곧장 집으로 와
등 뒤에 따라온 엄마 말씀
교문 밖에 세워두고

청소 마치고
우루루 몰려나온 친구들과
운동장에서 하늘이 뚫어져라
뻥뻥
공차기 하다가
올려다 본 하늘
하얗게 낮달로 떠 있네
엄마 얼굴

학원 갈 시간 늦었다고
질질 끄는 내 발소리
재촉하며 따라오는
동그란 낮달

엄마 말 좀 듣지

이파리 뒤에 간신히
몸을 숨긴 사냥꾼 까치
아까부터 꼼짝 않고
노려보고 있다

하나, 둘, 셋, 넷
물속에서 뭘 잘했다고
흙탕물 도화지에
백점짜리 동그라미만
자꾸 그리다가

수륙 양륙작전 펼치는 엄마 따라
꽃밭에 폴짝폴짝
놀러 가고 싶지만
-아가야, 넌 아직 꼬리가 있잖니
발이 없는 올챙이
물 속 유치원이 심심하다

엄마가 한 말 금방 잊고
친구들과 술래잡기하다
휴~
숨 쉬러 나온 순간
꿀떡
소리도 없이 까치밥이 되었다

엄살쟁이 자동차

눈 쌓인 주차장에
모여든 아이들

아이들 좋아라
이리저리
슛~
아얏!

자동차 뒤에 숨은 나대신
퍽~

왱왱왱왱
동네 시끄럽게 울어대는 자동차
경비아저씨도 달래지 못한다

치~
눈덩이 한 대 맞고
뭐가 아프다고
주인이 나올 때까지 엄살을 부린다

친구와 싸운 날

짝꿍이 자꾸 약 올려서
주먹 한 대 날렸더니
코피가 터졌다
참다가 왕창 화가 나서
주먹으로 한 대 때렸는데
재수 없이 코피가 터졌다
얼른
미안하다 사과 했지만
짝꿍 얼굴보다 더 빨개진
선생님 얼굴

따르릉따르릉
점점 커지는 소리
선생님일까?
짝꿍 엄마일까?
아무것도 모르는 우리 엄마
점점 작아지는 목소리
차라리
내가 코피 날 걸

너 때문에

누워 있어도
앉아 있어도
땀이 뻘뻘
할머니가 좋아하는 사우나탕이다

장마 지나고
나타난 매미
더위 조심하라고
폭염주위 경보를 울린다

그렇잖아도 더운데
더 뜨겁게 여름을
달구고 있는
너 때문에
더 덥다

곰배령 가는 길

한낮에도 그림자 없는 산길을
투덜투덜 걸어가는데
새소리 물소리
빨리 따라 오라고
앞장서서 간다

벌개덩굴, 삿갓나물, 노루오줌
아빠가 알려준
처음 보는 꽃들이
무리지어 마중 나왔다

낯선 발소리에
산속 짐승들
나보다 더 무서운지
모두 숨었다

숙제검사

손끝으로 눈밭 헤치고 나온
솜털 보송보송한 노루귀에게
-참 잘했어요

회초리 같은 줄기들이
똘똘 뭉쳐 눈보라 이겨낸
조팝나무에게
-참 잘했어요

겨우내 아픈 허리로
벌레집까지 보살펴 준
늙은 자두나무에게도
-참 잘했어요

햇살은
모두 모두 잘했다고
꾹꾹
꽃도장 찍어주었다

동글이

윙윙 냠냠
먹이 찾아 굴러간다

거울 앞에 떨어진
누나의 머리카락
막내가 흘린 과자 부스러기
시험공부 하라는
엄마의 잔소리까지
쓱쓱 싹싹
신나게 먹어 치운다

식구들 위해 열심히 먹다가
우웩!
쓰레기통에 몽땅 토했다

베란다에서 잠든 청소기
어젯밤 술 드신
아빠 같다

바람이 지날 때마다

가지에서
흔들흔들 그네 타다가
그래도 심심하면
휘릭휘릭 휘파람도 불다가
말 안 듣는 나뭇잎

우루루 아래로 내려와
나무는 시원해졌다

-얘야, 다친다
 조심하거라

바람이 지날 때마다
빈 가지에서 자꾸
엄마 잔소리가 들린다

참새와 허수아비

따끈따끈한 들녘에
우르르 내려앉은
참새떼

물 한 모금 없이
껍질째 급하게 먹다가
목에 걸릴까

헛기침 한 번 못하고
걱정만 하는
허수아비

가을 나뭇잎

꼭 잡은 엄마 손 뿌리치고
떨어진 나뭇잎
찻길에 우루루 몰려나와
재밌는 일 없나
기웃거리다

골목마다
방역차 따라가는 아이들처럼
하얗게 매연 내뿜으며 달려가는
자동차 뒤를

-와! 신난다
떼 지어 따라가는
가을 나뭇잎

제2부

꽃물이
드는 동안

콩돌 해변에서

차르르
차르르
파도가 쓸어내리는
콩돌밭에

하루 종일
햇살 이고 앉아

가득 널린 돌콩
두 손으로 재어보고 싶다

파도가 지은 농사
얼마나 되나

엄마의 핸드폰

엄마 곁에 있어
심심하지 않은
넌 좋겠다

좋은 소식
슬픈 소식
아빠도 모르는
엄마의 비밀까지
다 알잖아

엄마가 화 낼 때도
슬금슬금
눈치 안 봐도 되고

친구 없어도
엄마의 체온으로
춥지 않은 넌 좋겠다
참 좋겠다

빨랫줄

거꾸로 매달려
두 다리만 걸친 채
뚝뚝
눈물 흘리는
내 동생 멜빵바지
엄마 몰래 친구랑 싸운 거
어떻게 알았지?

두 팔 벌리고
펄럭펄럭
바람에게 용서를 비는
아빠 하얀 셔츠
엄마 몰래 담배 피운 거
어떻게 알고
벌서고 있지?

아침마다 예쁜 옷 입겠다고
엄마 조른 거

어떻게 알고

반질반질한 내 체육복

마당 한가운데

엎드려뻗쳐 시켰을까?

봉숭아 꽃물

마당에서 따 온 봉숭아꽃
백반 넣고
이파리도 섞어
콩콩 찧었다

-첫 눈 내릴 때까지
 예쁘게 남아 있거라

할머니 말씀
콩알만큼씩 뭉쳐
손톱 위에 올려놓았다

비닐장갑에
꽁꽁 묶인 손가락들이
꿈속에서도 근질근질
잡아 빼고 싶었지만
할머니 간절한 소망 달아날까 봐

손톱 위에

꽃물이 드는 동안

꾹 참았다

여뀌

소곤소곤
물속으로 지나가는
해님, 달님
살짝 들을 수 있게

소곤소곤
여름을 건너가는
풀무치, 여치
살짝 들을 수 있게

개울가에서
작은 입으로
가을을 부르고 있다

고추

여름내 더위 참으며
한 뼘이나 자란 고추가
화가 난 거야

따가운 가을볕에도
거꾸로 매달려
빨래집게처럼
하루 종일 벌서야 하니까

빨간 고추잠자리
파란 하늘 휘저으며
자꾸자꾸 어지럽게 약올리니까

참다 참다 화가 나서
몸에 열이 오른 거야
제 몸 가득
매운 독을 품은 거야

꼬꼬댁 꼬꼬

"꼬꼬댁 꼬꼬"
알 낳았다고
동네방네 시끄럽게
소문내더니

언제부턴가
복실이와 자리싸움하던
마루 밑에도
심술궂게 파헤치던 텃밭에도
꼬꼬댁 꼬꼬가 보이지 않았다

아빠는
힘센 족제비에게 잡혀갔다고
엊그제 성묘 왔던
낯선 사람들이 잡아갔다고
끌끌 혀를 찼다

담장 밑 환하게 피었다 진
앵두꽃처럼 점점
꼬꼬댁 꼬꼬도 생각나지 않을 때쯤

삐약삐약
삐약삐약
노란 털뭉치 일곱 마리
자랑스럽게 앞세우고
마당으로 들어선
꼬꼬댁 꼬꼬

엄마가 되었다

엄마 오는 날

아침엔 멀쩡하던 하늘이
공부시간 짝꿍이랑
소곤소곤 떠들었다고
화가 났나 봐

미술 시간 깜박 잊고
준비물 안 챙겨와
손들고 벌서는데, 갑자기
창밖이 화 난 선생님 얼굴이다

끝날 시간 다 되가는데
우르릉 쾅! 쾅!

집으로 가는 길
캄캄해져
담쟁이처럼 담장 옆에
오돌오돌 떨고 섰는데
우산 들고 달려오신 우리 엄마

비를 막아주는 건
역시 우리 엄마야

무슨 잘못 했길래

밤새
우르릉 쾅!쾅!
얼마나 혼나는지
내다보지도 못하고
얼른 자버렸어

무슨 잘못을 했길래
나무는 꼼짝 못하고
매 맞는 걸까?

그때 체육시간
내 발등 올라온 개미
밟아버린 것
하나님이 보셨을까?

나무 아래
콧물, 눈물
새파랗게 쏟아놓은걸 보니

덜컥 내가 개미가 되었다

밤새 매 맞고도 씩씩한 나무
살짝 올려다보니
나뭇가지 사이
하얀 구름 한 조각
시치미 뚝 떼고 지나간다

봄소식

-봄이다!
소리치면 햇살이 놀랠까 봐
살금살금 까치발로
들길을 걸어갑니다

발 딛는 곳마다
경고문도 없이
온통
새싹 지뢰밭입니다

과꽃

-과꽃이 핀 걸 보니
벌써 가을이 왔구나

꽃으로 계절을 읽는
아빠 얼굴에

-여름 내내 수고하셨어요
꽃들이 인사를 한다

가을걷이 바쁜
우리 아빠 발소리 들으며
환하게
마당가에 피어있는 꽃

덕산 장 날

어떤 놈이 잘 익었나
톡톡
두드려본다
깜짝 놀란 수박들
긴장하는 사이

꼭지도 가늘고
요놈 배꼽이 제일 작네
수박 한 통
엄마 손에 잡혀
승용차 짐칸에 실렸다

오징어 세 마리, 갈치 한 마리
스티로폼 상자에 담겨
옆자리에 실리고
비닐봉지에 열무 두 단
꽉 묶인 채 수박 옆에 기대앉자
차는 출발했다

조용하던 수박이
봉림저수지 지날 때쯤
차멀미를 하는지
삐걱삐걱
생선 상자를 건드리다가
사그락사그락
열무봉지를 괴롭히다가
뒷자리 의자 쿵쿵 들이받다가

집에 도착하자
제멋대로 굴었다고
냉큼 냉장고에 갇혔다

바보 같은

고라니는
빨갛게 익은 딸기는 안 먹고
맛도 없는 이파리만 다 먹었다

낮에 모종 심은 고추밭에도
이파리는 다 먹고
줄기만 남겨놓고
다음날은
상추밭에 입을 대더니
뿌리만 남겨놓았다

참다참다 화가 난 할머니는
채소밭 네 귀퉁이
쇠막대기를 쾅쾅
앞산이 울리도록 때려 박고
반짝이는 줄을 쳐놓았다
두 줄이나

할머니 눈치 채지 못하게
자라는 대로 조금씩 먹었으면…

다 알아

밤새 내린 눈이
하얀 도화지를 만들었다

앞 산 배고픈 고라니 한 마리
우리 집 채소밭 다녀가고

아랫동네 꼬리 잘린 들고양이
우리 집 음식물 쓰레기통 다 뒤져놓고

밤새 야근한 아빠 발자국
우리 집 마당으로 들어왔다

다 알아
말 안 해도
누가 뭘 했는지

뿅 뿅 뿅나무

바람이 지나가다
어깨를 툭 치면
-아이구, 깜짝이야!
와르르 쏟아지는 검은 별

자꾸만 손이 가는
오디 주워 먹다가
지각이다

뿅나무 아래서부터
입술이 파래졌다
선생님 잔소리 듣기도 전에

제3부

몸으로 쓴 초대장

멸치볶음

토독토독 탁탁
동그란 프라이팬 속에서
개학날 친구들처럼 떠들더니

엎어지고 넘어지고
무슨 할 말 남았을까?
눈 뜬 멸치들이
누워서도 싸운다

다독이는 엄마 손길에
반짝반짝
예쁘게 차려입고
밥상 위에서 얌전해진 멸치

-많이 먹어라
 그래야 뼈가 튼튼해진단다
뼈대 있는 엄마 말씀
입 안 가득 고소하다

비 온 뒤

마당에 나가보니
지렁이가 꼬불꼬불
꽃밭을 지나갔다

채송화
봉선화
활짝 핀 꽃밭으로
놀러 오라고
친절하게
삐뚤삐뚤 길을 내놓았다

눈도 없는 지렁이가
더듬더듬
몸으로 쓴 초대장

문구점에 가면

문구점에 가면
맛있는 게 많다
하나 사 먹으려 하면
-안 돼

문구점에 가면
재미있는 게 많다
재미난 장난감 사려고 하면
-안 돼

문구점 앞에서 파는
노란 병아리
꼭 키워보고 싶은데, 이것도
-안 돼

문구점에 가면
친구가 자랑하던 샤프
나도 갖고 싶은데, 무조건

-안 돼

문구점에는
왜
안 되는 것들만 있을까?

귀한 아이들
- 신암분교 가는 길 4

호진아!
명희야!
현숙아!
다 모여도 전교생이 세 명

어쩌다 호진이가 감기 걸리면
선생님이 자동차로 데려와
숙직실 따뜻한 아랫목에
배 깔고 엎드려 공부한다

우리보다 컴퓨터가 많고
우리 보다 교실이 많고
체육시간 공놀이도 교실에서 하는
폴폴 먼지만 봐도 반가운 우리들
청소도 선생님이 한다
학생들이 귀해서

발자국 몇 개
아무리 세어 봐도
심심한 운동장
수비면 수하리 신암분교

급하단 말이야 나도
- 학교 가는 길 1

책가방 신주머니 챙겨들고
나보다 먼저 현관문 나서는
우리 엄마

엘리베이터 앞에서
아까부터 살살 아프던 배가
힘도 안 주는데 급해졌다

"엄마, 잠깐만"
현관 앞에 세워둔 엄마
옆집 현아 다 들리게

"학교 늦는다
 빨리 누고 나와"

-엄마! 나도 급하단 말이야
 으윽

엄마는
- 학교 가는 길 2

엄마는
아침에 머리도 안 빗으며
내 머리는
머리 밑까지
싹싹 빗겨 내린다

잔소리 한 움큼
걱정 한 움큼
두 갈래로 쫑쫑
날마다
사랑을 묶는다

성묫길

할머니 산소에서
내려오는 길

산길 힘들다고
투덜거린 말
다 들었나 봐

머리 위에서
알밤 하나가
톡
꿀밤을 준다

가는 길 조심하라고
톡
한 대 더 때린다

봄비

토닥토닥
톡톡
늦잠 자는 새싹들
빨리 일어나라고

앞산에도
뒷산에도
앞 다투어 두드립니다

빈 가지
마른 산
하루 해 다 젖도록
다독입니다

사랑이네

마음이
축복이
깜돌이
사랑이는 엄마다

마음이는 어릴 때
엄마 떠나 입양 갔다
새집에서 친해지지 못하고
마음고생 많이 하고 돌아왔다고
마음이다

깜돌이는
엄마는 진돗개 백구 혈통인데
아빠를 많이 닮아
깜둥이가 아니라 깜돌이다

축복이는
혼자 다닐 땐

엄청 겁쟁이인데
엄마랑 다니면
세상 두려울 것 없는 사고뭉치
힘 센 오빠가 둘이나 있는
축복받은 막내다

사랑이는
자식들보다 덩치는 작지만
먹은 나이만큼
눈치 빠르고 똑똑하다

택배차가 오거나
고라니가 살금살금 상추밭을 넘보면
CCTV 보다 먼저 알려주어
사랑을 독차지하는 사랑이

할아버지가
사랑이 가족을 지켜주는지
사랑이가
할아버지를 지켜주는지
한가족이다

네 잘못이야

집 앞 뽕나무에
오디가 다닥다닥 까맣게
익었다

오디 한 줌 따려고
바가지 들고
사다리 올라가다 삐끗
순식간에 떨어지고 말았다

거꾸로 떨어져
시멘트바닥에 꽝
다시 돌무더기 비탈로
땡감처럼 굴러 떨어진 할머니

바가지도 깨지고
머리도 깨지고
온 몸 오디 색깔이 되어
누운 채 응급실로 갔다

그날
 -오디, 네 잘못이야
할머니 병원에 태우고 간
윗집 할아버지가
오디나무를 싹둑 베어버렸다

봄

개나리

장다리

병아리

노랗게 졸고 있는 한낮

햇볕 울타리

네모난 우리 집은
햇볕이 울타리다

엄마 아빠 일하러 나가고
텅 빈 집에서
핸드폰과 노는 나처럼
심심하다고 투덜거리지도 않고

꽃밭에 나비가 떼 지어 놀러 와도
지렁이가 상추밭을 제 맘대로 지나가도
윗집 멍멍이 일도 없이 다녀가도

오지마라
하지마라
한 마디 안 하고
따뜻하게 잘 지켜준다

얄미운 매미

덥다
덥다
그늘만 찾아다니는데

그늘에 숨어있던 매미가
맴맴맴
약 올리고 날아간다

캄캄함 땅속에서
살다 나왔으니
더운지 추운지
알기나할까

땀 한 방울 안 흘려보고
숙제 한 번 안 해 본 매미

밤잠도 안 자고

꿈속까지 따라와

맴맴맴

할머니 집

마을회관 지나
논둑길 지나
축사도 지나야 집이 보인다

고라니는
지은 농사도 없으면서
날마다 산밭을 둘러보고
청설모는 저 혼자
호두나무를 오르락내리락
할머니 보다
더 바쁘다

모두들 고생했다고
산그늘 내려와
어둠 이불 덮어주는 산마을

아빠가 제일 좋아하는

할머니 집

아빠의 할머니는 돌아가시고

우리 할머니가 산다

놀고 싶다고

정우는
먼저 놀자고 약속해놓고
학원으로 가버렸다

엄마는
동생하고 잘 놀면
실컷 놀게 해준다더니

숙제 먼저 하라고 야단이다

제4부

하늘 바다
우리 동네

어쩌라고

까치 한 마리
들락달락
허락도 없이
사랑이 밥을 빼앗아 먹더니

지켜보고 있던
진돗개 사랑이
단숨에 덮쳐버렸다

깍깍깍깍
동네 까치 다 몰려와
사랑이 머리 위를
저승사자처럼 쫓아다녔다

며칠 시달리다
끙끙 앓고 있다
집안에서

모 심는 날

탈탈탈탈
경운기 한 대 모판 가득 싣고
논둑길을 달려옵니다

털털털털
이앙기 한 대 신나서 뒤따라옵니다

왔다갔다
무논에
퍼즐 맞추듯
한 칸 한 칸
채우더니

기계 한 대가
한나절 만에
아홉 마지기 다 심었습니다

넌 어디야

2층 소아과 지나
3층 성형외과 병원엔
어른보다 아이들이 더 많다

문밖까지 밀려나온
보호자들 옆에
더 심심한 아이들

-넌 어디야?
앞머리 들어올리며
-응, 난 여기
-난 여긴데
자랑스럽게 상처를 보여주며
하하, 호호
지루하고 아픈 시간
금방 잊고 친구가 됐다

이마에
눈가에
마음속에
깨지고, 터지고, 베이고
훈장처럼
크고 작은 상처 하나씩
가진 아이들

새살 돋는 동안
덧나지 않고
마음도 단단하게
크는 아이들

상수리 나무

개울 옆 산비탈에 모여 사는
상수리 나무들
멀리서 봐야 끝이 보인다
얼마나 큰지

비바람 몰아치면
초록파도가
마을을 쓸어갈 것 같이
큰 소리로 화를 내다가

다음 날
아침햇살 퍼지면
새침해진 수만 개의 이파리가
 -안녕, 잘 잤니?
반짝반짝 인사를 한다

마을 밖을 나가보지 못한
상수리 나무

학교버스가 마을길에서
안 보일 때까지
손 흔들고 있다
 ─학교 잘 갔다와

학교 가는 내가
부러워서

하늘 바다

우리 동네는 토끼풀꽃 필 때면
하늘이 담긴 바다가 된다

덥수룩하던 논둑길도
개학하는 날 내 머리처럼
단정해지고

땅 밑에 숨어있던 물이 솟아올랐는지
칸칸이 나누어진 논에 넘치지도 않고
찰랑찰랑

물 속 마을 개구리들은
총총 박힌 별처럼
와글와글 밤마다 잔치다

아빠가 일 나가는 아침이면
논물 위에 붉게 떠오르는
해님 하나,

앞산 오동꽃 위에 떠오르는 눈부신
해님 하나

5월이면
두 개의 해가 뜨는
하늘 바다 우리 동네

아~ 해 봐

식탁 위에
바싹하게 구운 조기 몇 마리
나란히 누웠다

엄마가 가시를 골라내는 사이
떨어져 나온 꼬리

침 삼키며 지켜보던
세 살 박이 준이
덥석 집어서
입속으로 쏙
"엄마, 맛있다~"

꼬리가 없어진 걸
본 엄마
"아~ 해 봐"

"빨리 뱉어"

벼락같은 소리에
입안 가득한 가시들이
놀래서 튀어나왔다

파리 교실

자치센터 2층
글쓰기 교실에서
"선생님 오늘은 동시 지어요"

큰소리 쳤는데
원고지 쳐다보니
쓸 말이 없다

옆에 앉은 지은이는
벌써 두 장 넘어가는데
아무리 머릿속을 뒤져도
생각이 없다

이름만 써 놓은 원고지 위에
파리 한 마리
왔다갔다
자꾸 약 올려서
손바닥으로 내리쳤더니

정인이 머리 위로 날아가 버렸다

"파리도 글쓰기 하러 왔나?"
선생님 말씀에
하하하
호호호
출석부에도 없는
파리 교실이 됐다

장 담는 날

장 담그는
봄날

장독대 옆
마른 장작더미에 둥지 튼
딱새부부

보금자리에 눈도 못 뜬
아기 딱새들 기다리는데

둥지 앞에서 일하는 엄마
빨리 비켜달라고
매화나무 가지에서
오르락내리락
꽃잎들만 화르르 놀라 떨어지고

딱한 딱새마음
하나도 모르는
우리 엄마
해질녘에나 허리 펴시네

우리 집 방글이

아빠 보다 먼저
논둑길을 달려가던 방글이

하얀 토끼풀꽃에
나풀나풀
엄마 몰래 꽃구경 나온
나비 한 마리

움직이는 것만 보면
참지 못하고
살금살금 다가가
한 입에 덥석

죽었다 살았나
살짝 입 벌리는 순간
팔랑팔랑 나비는
엄마 품으로 돌아가고

멍하니 바라보는

방글이 두 눈엔

파란 하늘만 찰랑찰랑

아껴 먹다가

냉장고에서 꺼내놓은 물병처럼
뻘뻘 땀 흘리며
학교에서 돌아오는 길

어제 심부름 값 받은
돈으로
아이스크림 하나 샀다

집에 가는 동안
달팽이처럼 조금씩 조금씩
아껴먹는데

나무 그늘에 숨어 있던
바람이 한 입
아까부터 나만 따라다니던
햇볕이 한 입

어!
내 아이스크림
막대만 남았다

심심한 날

개학 날
가벼워진 가방 메고
집에 오는 길
아스팔트 위에서
구부렸다 폈다
하루해를 재고 있는
자벌레 한 마리를 만났다

나무도 없고
풀도 없고
뙤약볕에서 얼마나 심심할까?

마른가지 뚝 꺾어
앞에 놓아주었더니
더듬더듬 올라가는 자벌레
거미줄 앞에 놓아주고 왔다

거미와 자벌레

친구가 되었는지

내일 또 가봐야지

귀뚜라미

엄마가 살던 시골집
마루 밑에서
밤새워 책을 읽는다
귀뚤귀뚤
귀뚜르르

안마당 가득 구르던 웃음소리도
졸랑졸랑 반겨주던 누렁이도
옹기종기 모여 앉은 채송화도
모두 떠난 집
밤새워 책을 읽는다
귀뚤귀뚤
귀뚜르르

심심해서
무서워서
보고 싶어서
읽고 또 읽고

귀뚤귀뚤

귀뚜르르

겨울 풍경

감나무 꼭대기
빈 집 한 채

아기까치들 잘 자라
둥지 떠나고
주렁주렁 잔소리 같던 열매는
배꼽처럼 꼭지만 남았다

감나무 뿌리내린
그 마당
뛰어놀던 아홉 남매
도시로 가고

두 해 전 할아버지 먼저 세상 떠나고
치매 걸려 소똥밭에 앉아 놀던 영순 할매
요양원에 가고
아무도 없다

여기도 빈 집

저기도 빈 집

개망초꽃

엄마가 해주던
노른자도 안 터트리고
잘 익힌
달걀 프라이 같은 꽃

이 많은 꽃
뜨거운 햇살이
익혔을까?

노른자도 안 터트린
잘 익은
달걀 프라이 같은 꽃

얼굴 어딨어

머리, 꼬리 다 떼고
통통한 몸통만
밥상에 올라왔다

"얼굴 어딨어?"

깜짝 놀란 준이
엉엉 울다가

"머리는 야옹이 주고 왔지"

한마디에
울음 뚝

자연이 만드는 풍경

고광식(시인·문학평론가)

1. 꽃들의 주소

자연 안에 있는 모든 생명체는 스스로 나와서 자라난다. 그렇게 나와서 주위를 살피며 서로 돕고 협동한다. 그리고 아름답게 서로 조화를 이루며 스스로 커가고 발전한다. 자연은 계절에 따라 생명체를 각기 다른 모습으로 가슴에 품고 아름다운 풍경을 만든다. 봄은 부드럽고 따뜻하다. 태양의 영향으로 얼었던 땅이 녹고 싹이 튼다. 새들은 자신의 장소를 택해 노래하고, 구름은 허공에 떠서 흘러간다. 여름은 태양의 고도가 높아 기온이 올라간다. 따라서 여름은 생명체들이 왕성하게 성장하는 계절이다. 여름은 시원한 느낌의 파란색과 폭염을 상징하는 빨간색이 겹치는 시간이다. 가을은 폭염이 지나고 시원한 바람이 부는 계절이다. 과일과 곡식이 익는다. 그리고 겨울은 추운 계절이다. 하지만, 눈이 내리는 낭만의 순간을 체험하는 시간이다. 이처럼 계절은 기후 현상으로 나눌 수 있다. 이 모든 계절의 변화가 자연이 스스로 만드는 풍경이다.

유제희 시인의 『얼굴 어뎄어』는 자연의 풍경을 순수 이미지로 만들어 놓는다. 어린 화자는 "낯선 발소리에/산속 짐승들/나보다 더 무서운지"(「곰배령 가는 길」)처럼 모두 숨는다고 속삭인다. 자신의 마음에 비추어 산속 동물들을 본다. 낯선 발소리가 들린다. 낯익은 것은 무섭지 않지만, 낯선 것은 예측할 수 없어서 무섭다. 우리에게 낯익은 것은 생존에 도움이 되고, 낯선 것은 생존에 위협이 된다. 우리 인류는 이렇게 "낯선 발소리"에 반응하며 진화해 왔다. 또한 어린 화자는 "거꾸로 매달려/두 다리만 걸친 채/뚝뚝"(「빨랫줄」) 눈물 흘린다. 아이의 시선으로 바라본 빨랫줄에 매달린 옷들은 벌을 서는 것 같기도 하고, 용서를 비는 것 같기도 하다. 빨래는 아이가 되었다가, 아빠가 되기도 한다. 아이의 감정은 빨래라는 실제적 이미지에 사로잡힌다. 자신을 반성하는 시간이 길어진다. 유제희 시인이 지금 여기 풍경을 한땀 한땀 만들고 있다. 바람처럼 투명한 몸짓으로 때로는 폭설처럼 흰 손길로 새로운 이미지를 만든다.

　유제희 시인이 만드는 이미지가 심오한 세계를 드러내기 시작한다. 묘사와 진술이 만들어 내는 이미지 안에서 새로운 진리가 피어난다. 이런 이미지의 창조는 시인의 감성적 촉수가 현상의 안쪽 깊이 들어갔기에 가능하다.

　꽃들에게도 주소가 있다
　글자로는
　숫자로는
　찾을 수 없는

〈중략〉

이슬만 알 수 있는
바람만 알 수 있는
작년에 피고 진 자리
꽃들에게도 주소가 있다
「꽃들에게도 주소가 있다」 부분

　위 시의 어린 화자는 "꽃들에게도 주소가 있다"라고 진술한다. 첫 문장이 새롭고 호기심을 자아내게 한다. 왜, 꽃들은 피었던 장소에 또다시 피어날까? 그리고 꽃들은 어떻게 계절을 알고 서로 다른 시기에 피어날까? 위 시는 이런 궁금증을 시적 진술로 묻고 있다. 꽃들도 서로 대화한다. 세상의 모든 꽃이 똑같은 계절에 똑같은 장소에서 피어난다면 모든 꽃은 피기도 전에 죽고 말 것이다. 물리적 공간이 절대적으로 좁고, 땅의 양분도 절대적으로 적어서 공멸할 것이 분명하기 때문이다. 유제희 시인은 이처럼 식물의 심오한 세계를 시적 이미지로 만든다. 따라서 꽃들은 "글자로는/숫자로는/찾을 수 없는" 신비한 주소를 갖고 있다. 이처럼 사람에게 거주하는 주소가 있듯이 꽃들에게도 주소가 있다는 시적 발화가 새로운 시각이다. 놀라운 시적 발화는 불꽃을 피우며 신비로운 세계를 만든다. 서로 공존하기 위해 꽃들은 끊임없이 대화한다. 그리고 다른 꽃들과 약속을 하고 계절과 장소를 달리해서 피어난다. 그러므로 꽃들은 "작년에 피고 진 자리"처럼 장소를 잊지 않는다.

꽃들은 아이들과 즐겁게 뛰어놀았던 교실과 꽃밭도 기억한다. 사람들은 모르지만, 이슬과 바람만이 알 수 있는 그런 장소에서 피어난다. 이것은 자연이 만든 질서이다.

2. 자연의 시간

자연의 시간은 멈춰 있지 않는다. 햇빛도 바람도 구름도 쉬지 않고 움직인다. 자연에 존재하는 것들로 인해 날씨는 화창했다가 비바람이 부는 상태로 바뀌기도 한다. 자연의 시간은 서로에게 영향을 주며 흐른다. 꽃들이 군락을 지어 피어나고 나비가 떼 지어 날아든다. 땅이 얼었다가 녹는 것도 자연의 시간 덕분이다. 녹은 땅 위에서 풀이 자라나는 순간은 경이롭다. 자연의 시간을 잡초도 기억한다는 사실이 우리를 놀라게 한다. 자연의 시간에 존재하는 모든 생명체와 사물은 신비로운 힘으로 지배받는다. 인간도 예외일 수가 없다. 계절마다 옷이 바뀌고 머물러야 하는 공간이 바뀐다. 인간이 아닌 식물이나 동물들도 마찬가지이다. 식물은 날 때와 질 때를 안다. 동물도 계절에 따라 자신이 있어야 할 장소성을 달리한다. 이처럼 자연의 시간에 순응하며 모든 생명체는 살아간다. 자연의 시간은 멈춰 있는 듯하지만, 늘 살아 움직이고 강물처럼 흐르고 있다. 자연은 사람의 간섭을 극도로 거부한다. 따라서 사람의 시각으로 자연의 시간을 바꾸려는 노력은 어리석은 짓이다.

　우리는 모두 자연이라는 시간을 걷는 여행자이다. 새해 아침마다 365개의 반짝이는 금화를 받는다. 자연이 우리에게 주는 시간은 신분을 따지지 않고 모두에게 공평하다. 자연을 바라보는 사람들은 공정성과 자연이 만드는 풍경 때문에 자주 놀란다.

　차르르
　차르르
　파도가 쓸어내리는
　콩돌밭에

　하루 종일
　햇살 이고 앉아

　가득 널린 돌콩
　두 손으로 재어보고 싶다

　파도가 지은 농사
　얼마나 되나

「콩돌 해변에서」 전문

이 많은 꽃
뜨거운 햇살이
익혔을까?

노른자도 안 터트린
잘 익은
달걀 프라이 같은 꽃

「개망초꽃」 부분

사람들만 농사를 짓는 것이 아니다. 자연도 농사를 짓는다. 자연의 농사는 사람의 농사와 달라 욕심이 없다. 사람들은 자신들이 생존하기 위해 땀을 흘리며 열심히 농사를 짓는다. 사람의 농사는 가족애와 인간애가 가득 차 있다. 하지만, 자연의 농사는 생명애의 상징으로 작용한다. 바람과 조류의 영향을 받아 "차르르/차르르" 파도가 농사를 짓는다. 애틋한 사랑이 넘치고 손길은 부드럽다. 애정을 가득 담아 "파도가 쓸어내리는/콩돌밭에" 잘 여문 콩들이 모습을 드러낸다. 어린 화자는 "하루 종일/햇살 이고 앉아" 하염없이 콩돌밭을 바라보고 있다. 어쩌면 저렇게 농사를 잘 지었을까. 화자는 파도가 지은 농사에 놀라움을 표하고 있다. 그러다가 문득 화자는 "가득 널린 돌콩/두 손으로 재어보고 싶다"고 나직이 속삭인다. 어린 화자는 파도가 지은 농사로 우리는 모두 살아간다고 생각한다. 저렇게 잘 자란 돌콩에 새들의 부리는 바쁠 것이고, 게들은 돌콩을 의지해 생존할 것이기 때문이다. 아마도 우리 선조들은 먼 옛날 콩돌 해변에서 콩 농사를 배웠을 것이다. 파도가 몰고 온 에너지는 지구의 모든 생명체를 살리는 역할을 한다.

어린아이의 마음으로 보고, 생각하는 시간은 소중하다. 아이의 마음엔 현실적 욕심이 제거돼 있다. 하지만, 성인의 세계는 지나치게 현실적이어서 기쁨이 솟는 판타지가 없다. 동심의 세계는 생각하는 대로 이루어지는 신비로운 곳이다. 상상은 늘 낯설고 새롭고 경이롭다. 어린아이는 무엇을 가르치고 교화하는 대상이 아니다. 우리는 모두 동심 안에서 힘차게 뛰는 심장 박동을 들어야 한다. 어린 화자는 엄마가 해주던 것과 닮은 달걀 프라이 같은 꽃을 발견한다. 그리고 순수한 마음으로 "이 많은 꽃/뜨거운 햇살이/익혔을까?"라고 태양과 엄마를 동일시한다. 자연이 만들어 내는 놀라운 요리를 발견하게 되는 데, 그것이 개망초꽃이다. 어린 화자는 엄마는 '나'를 위해 달걀 프라이를 만들지만, 태양은 초식동물을 위해 햇살로 달걀 프라이 같은 개망초꽃을 만든다고 생각한다. 동심의 세계에서만 가능한 풋풋한 마음이다. 동심의 세계는 '나'를 넘어선 '우리'라는 '생명애'가 설득력 있게 드러나는 장소이다. 우리가 동심의 세계를 잊지 말아야 할 이유가 여기에 있다.

항아리 속에서
사그락사그락
서로를 끌어내리던 그놈들

엄마가 돌덩이로 꽉 눌러 놓았다

조용해진 참게장 항아리
엄마 몰래 살짝 열어 봤더니
친구들 밟고 올라온 그놈
다리 열 개 몸통 밑에 숨기고
돌 위에 대장처럼 올라앉아
눈이 딱 마주쳤다

살려줘야 하나
말아야 하나

「이걸 어째」 전문

　어린 화자는 "항아리 속에서/사그락사그락/서로를 끌어내리던 그놈들"을 바라본다. 엄마가 돌덩이로 올라오지 못하도록 꽉 눌러 놓았지만, 게들은 항아리 밖으로 탈출을 시도한다. 그런데 특정한 게가 올라가는 것을 다른 게들은 끊임없이 방해한다. 남들이 성공하는 것을 보지 못하는 질투심 많은 사람을 보는 것 같다. 다른 게들이 방해만 하지 않는다면 게는 항아리 밖으로 탈출할 수 있다. 그러나 게들은 한 마리가 탈출하려면, 다른 게가 잡고 끌어내려서 탈출에 실패한다. 위 시는 사람들 사이의 시기와 질투를 압축해 비유한다. 이렇게 힘든 상황인데도 성공하는 게가 있다. 화자는 "친구들 밟고 올라온 그놈"과 마주한다. 그놈은 게들의 대장임이 분명하다.

다리 열 개를 몸통에 숨기고 어린 화자를 당당하게 마주 보고 있다. 다른 게들의 질투와 시기를 물리친 게는 당당하다. 화자는 당당하게 버티고 있는 게를 보며 산다는 것에 관한 치열함을 간접적으로 경험한다. 그리고 "살려줘야 하나/말아야 하나"를 생각한다. 고민하는 시간이 끊임없이 흐른다. 아마 어린 화자는 대장 게를 엄마 몰래 항아리 속에서 꺼내 살려주었을 것이다. 왜냐하면 화자는 그놈을 대장 게로 인정했으니까.

자연의 시간은 하염없이 앞으로만 흐른다. 멈추지 않는 힘으로 솜씨를 발휘해 예술 작품도 만들고 농사도 짓는다. 자연의 품 안에 있는 것들은 모두 숨 쉬며 살고 있다. 생명이 없는 무생물인 돌도 숨 쉬고, 생명이 있는 꽃들도 숨 쉰다. 자연은 생명과 무생물을 포함한 모든 존재의 어머니이다.

3. 우리 동네

동네는 자신이 사는 집을 중심으로 여러 집이 모여 있는 장소를 말한다. 자신이 사는 동네에 대한 따뜻한 애정은 누구나 가지고 있다. 왜냐하면 동네마다 자랑할 만한 특별한 것들이 있어서이다. 하지만, 산업화 이후 동네의 모습은 대동소이하다. 자랑할 것 없는 행정구역에 지나지 않는다. 기껏해야 내세울 것은 특별한 음식점이나 인공적으로 만들어진 조

형물 정도일 것이다. 또는 우리 동네에 새로 들어선 영화관이나 대형 마트 그리고 맛집일 경우가 많다. 자연이 만들어 놓은 특별한 장소나 오래된 나무 같은 것은 이제 찾을 길이 없다. 모든 동네가 도시화 속에서 개성 없는 장소로 변한 것이다. 동네는 하릴없이 걷기만 해도 행복해져야 한다. 그렇게 한참을 걸어서 나만이 아는 특별한 장소를 찾아가 한나절을 멍때리고 와도 즐거운 곳이어야 진정한 우리 동네이다. 아무렇게나 피어난 꽃들과 대화하고, 새들의 지저귐을 듣는 것만으로도 행복해져야 한다. 그런데 이제 이런 자연이 만든 동네는 찾기 힘들어졌다.

유제희 시인의 시에 나오는 우리 동네는 특별하다. 자연의 시간이 살아 움직여서 특별하고, 계절을 달리해 꽃들이 약속한 듯이 피어나 더욱 특별하다. 그런데 아쉽게도 이렇게 자연 친화적인 동네에 빈집이 늘고 있다.

우리 동네는 토끼풀꽃 필 때면
하늘이 담긴 바다가 된다

〈중략〉

아빠가 일 나가는 아침이면
논물 위에 붉게 떠오르는
해님 하나,
앞산 오동꽃 위에 떠오르는 눈부신

해님 하나

5월이면
두 개의 해가 뜨는
하늘바다 우리 동네

　　　　　　　　　　　　「하늘바다」 부분

감나무 뿌리내린
그 마당
뛰어놀던 아홉 남매
도시로 가고

두 해 전 할아버지 먼저 세상 떠나고
치매 걸려 소똥밭에 앉아 놀던 영순 할매
요양원에 가고
아무도 없다

여기도 빈 집
저기도 빈 집

　　　　　　　　　　　　「겨울 풍경」 부분

「하늘바다」의 어린 화자는 "우리 동네는 토끼풀꽃 필 때면/하늘이 담긴 바다가 된다"고 자랑한다. 그냥 동네 자랑이 아니라 진심에 찬 자연 예찬론적인 자랑이다. 자연의 시간과 함께하는 동네는 때를 맞춰 피어난 토끼풀꽃으로 논둑길과 물이 찬 논의 모습을 바꾸어 놓는다. 우리 동네는 하늘바다이다. 이곳은 자연이 만드는 판타지적 공간으로 가득 차 있는 곳이다. 우리 동네는 계절이 지나도 그대로인 도시의 포장된 도로와 인위적인 딱딱한 모습이 아니다. 이곳은 스스로 나서 자라나는 토끼풀꽃이 있다. 믿고 싶지 않겠지만, 토끼풀꽃 속에는 꽃과 함께 웃고 소리치는 요정이 자라난다. 어린 화자는 "논물 위에 붉게 떠오르는/해님 하나,"를 바라본다. 하늘에도 해님이 하나, 논물 위에도 해님이 하나, 모두 두 개의 해님이 우리 동네엔 있다. 논과 앞산에 떠오르는 눈부신 해님은 어린 화자에게 무한한 에너지를 준다. 그리고 삶을 아름답게 가꿀 판타지를 꿈꾸게 한다. 화자는 자연이라는 어머니의 품에 안겨 풍경과 하나가 된다. 하늘바다는 도시에 사는 사람들은 알 수 없는 우리 동네의 진짜 모습이다.

「겨울 풍경」의 어린 화자는 우리 동네에 빈집이 늘어 속상하다. 사람들은 성장하면 자신이 태어난 아름다운 동네를 떠난다. 상급학교에 진학하기 위해서 떠나고, 졸업 후에는 취업을 위해서 떠난다. 젊은 사람들이 없는 동네는 빈집만 늘어난다. 어린 화자는 "감나무 뿌리내린/그 마당/뛰어놀던 아홉 남매"를 떠올린다. 아홉 남매와 함께 뛰놀았던 순간을 떠올려 본다. 주렁주렁 열렸던 감들처럼 과거가 이야기로 가득 차 익어 있다. 까치밥으로 남겨두었던 감도 기억난다. 감나무에 열린 붉은 감은 우리와 날짐승 모두가 나누는 음식이었다.

하지만, 이 집에 살았던 "할아버지 먼저 세상" 떠나고, "치매 걸려 소똥밭에 앉아 놀던 영순 할매"는 요양원에 가고 없다. 이제 이 집에는 아무도 없다. 가끔 까치들이 감나무에 앉아 옛 생각에 잠겨 쉬어가는 빈집일 뿐이다. 그런데 이런 집들이 한둘이 아니다. 우리 동네는 "여기도 빈 집/저기도 빈 집" 투성이다. 어린 화자 눈에 비친 겨울 풍경이 쓸쓸하다.

개나리

장다리

병아리

노랗게 졸고 있는 한낮

「봄」 전문

우리는 봄을 한 해를 시작하는 계절로 생각한다. 농경사회였던 우리나라는 봄을 중요한 시기로 본다. 봄은 생명이 시작하는 생동감으로 가득 찬 계절이다. 우리가 작년에 죽었던 꽃들도 다시 소생한다고 믿는 계절이 봄이다. 이런 봄날에 꽃이 핀다. 봄에 피는 꽃은 따뜻한 햇살을 받고 피어나 다른 꽃들을 깨운다. 다음은 네 차례라고 꽃은 활짝 웃는 모습으로 소리친다. 위 시에서 노란 개나리가 피어 봄을 알리고 있다. 개나리는 봄을 알리는 진정한 요정이다. 수십 개의 가지에 노란색 꽃이 가득 피어 바람에 흔들린다. 추운 겨울이 가고 봄이 왔다고 개나리꽃이 소리친다. 그러자 장다리꽃이 무와 배추의 줄기에서 피어난다. 개나리꽃이 소식을 전해준 덕분에 무장다리와 배추장다리는 꽃을 피우고 열매를 맺는다. 따뜻한 햇살 아래 개나리와 장다리는 봄의 허공을 원색으로 물들인다. 막 깨어난 병아리가 무더기로 피어난 꽃처럼 한낮의 햇살 아래서 졸고 있다. 봄은 식물과 동물이 함께 맞이하는 즐거운 계절이다. 그리고 사물은 겨우내 얼었던 시냇물이 녹아 흘러가는 소리에 반응한다. 위 시에는 봄의 부드럽고 밝은 이미지가 판화처럼 선명히 박혀 있다.

우리가 딛고 있는 장소는 중요하다. 그러므로 우리 동네는 자신이 살고 있다는 점에서 더욱더 특별한 공간이다. 이런 특별한 공간에서 '나'는 사유하고 성장한다. 그리고 아주 특별한 경험을 쌓으며 '나'라는 정체성을 만들어 간다. 이것이 우리 동네가 중요한 이유이다.

4. 놀람의 기준

사람은 인지 발달 단계에 따라 놀람의 기준도 다를 수밖에 없다. 어린아이의 초보적인 특징은 '자기 중심성'이다. 어린아이는 다른 사람이 자신과 다르게 볼 수 있다는 것을 알지 못한다. 특히 태어나서

2세까지의 감각운동기에 있는 아이들은 정신적 상징 같은 것은 존재하지 않는다. 입에 닿는 것은 무조건 빠는 특성만 갖고 있다. 이때는 눈에 보이는 것만 세상에 존재하고 눈에 보이지 않는 것은 세상에 존재하지 않는 것으로 인식한다. 아이는 자라나면서 세상에 존재하지 않지만, 존재하는 것들이 있다는 사실을 깨닫는다. 발달 단계에 따른 적절한 교육은 인지 발달에 도움을 준다. 인지 발달이 되면 아이는 목표 지향적인 자기 의사를 분명히 표현하고 행동도 적극적으로 한다. 어린아이들은 논리적으로 사고하고 행동하는 것은 불가능해도 사물들의 속박으로부터 자유로워진다. 그러므로 눈앞에 보이는 것과 보이지 않는 것을 인식할 수 있다. 보이지 않는 걸 생각할 수 있고, 누군가 설명하면 상징을 이해한다.

유제희 시인의 동시는 어린이의 내면세계를 그리는 데 성공하고 있다. 시적 사유가 구체적이고 세부적이다. 따라서 시적 세계와 자아는 동일시된다. 인지 발달 단계에 맞게 초점을 맞춰 시적 사유를 전개했기 때문이다.

머리, 꼬리 다 떼고
통통한 몸통만
밥상에 올라왔다

"얼굴 어딨어?"

깜짝 놀란 준이
엉엉 울다가

"머리는 야옹이 주고 왔지"

한마디에
울음 뚝

「얼굴 어딨어」 전문

위 시에 등장하는 아이는 충격에 빠졌다. 그동안 아이가 본 생선
은 머리(대가리)와 몸통 그리고 꼬리가 있는 모습이었다. 아이가 가
지고 있던 사물은 고유 형상과 상징이 있었다. 그런데 생선 대가리
와 꼬리가 없는 생선이 "밥상에 올라" 왔다. 아이의 '자기 중심성'이
무너지는 순간이다. 당연히 있어야 할 생선의 부분들이 사라진 것
을 보는 아이는 충격에 휩싸인다. 자아와 세계가 격렬하게 충돌한다.
"통통한 몸통만" 있는 생선을 앞에 놓고 아이는 놀란다. 감각적인 것
에 예민한 아이는 화자에게 "얼굴 어딨어?" 울면서 묻는다. 아이의
입장에서 매우 절실한 물음이다. 이때 할머니인 화자가 "머리는 야
옹이 주고 왔지"라며 인지 발달에 관한 교육을 한다. 할머니가 설명
하자 아이가 받아들인다. 이제 아이는 눈에 보이는 것의 속박에 묶
여있지 않는다. 화자의 설명을 듣고 자신이 보지 못했지만, 보이지
않았던 것들에 대해 이해하기 시작한다. 인지 발달이 안된 아이들은
생각에 많은 제한이 있다. 하지만, 위 시의 할머니는 아이 교육을 위

해 적극적이다. 아이는 할머니 화자의 설명으로 "울음 뚝" 그치며 생선이 몸통만 있는 특성에 대해 깨닫는다. 애정을 두고 있었던 고양이를 떠올린 것이다. 이처럼 할머니 교육으로 보이지 않는 사물을 이해하는 단계에 이른 것이다.

-봄이다!
소리치면 햇살이 놀랠까 봐
살금살금 까치발로
들길을 걸어갑니다

발 딛는 곳마다
경고문도 없이
온통
새싹 지뢰밭입니다

「봄소식」 전문

스위스의 발달 심리학자 장 피아제는 인간 지식의 근원을 행동이라고 보았다. 피아제는 이것을 바탕으로 인지 발달을 연구했다. 「봄소식」의 화자는 피아제의 발달 단계로 보면 7세에서 12세까지의 '구체적 조작기'에 해당한다. 이 단계는 "-봄이다!/소리치면 햇살이 놀랠까 봐"와 같이 진정한 논리적 추론 능력이 생긴다. 이때는 조작에 대해 이해하고 생각할 수 있다. 이뿐만 아니라 물질이 변화했다가 원래 상태로 돌아가는 가역적인 변화도 안다. 이 때문에 어린 화자의 "살금살금 까치발로/들길을 걸어갑니다"라는 진술이 가능해진다. 아이는 자연을 살아 있는 생명체로 보고 있다. 그리고 들길에 피어난 새싹에 대해 생명애를 드러낸다. 이러한 행동을 할 수 있는 건 아이에게 새로운 추론 능력이 생겼기 때문이다. 이제 아이는 구체적인 행동을 통해 정신적인 것을 드러내는 단계에 이른다. 새로운 추론 능력은 들길을 걸으며 "온통/새싹 지뢰밭입니다"처럼 구체화 돼 나타난다. 드디어 아이는 추론 능력의 발달로 인해 봄날의 생명에 대해 이해가 깊어진다.

어린아이는 발달 단계에 따라 놀람의 기준이 다르다. 사람은 태어날 때부터 다른 생명체에 비해 약하다. 이처럼 결핍의 존재인 우리는 현상에 대해 놀라는 기준도 다르다. 왜냐하면 놀람은 당시 그때의 인지 발달 단계에 맞게 작동하기 때문이다.

에필로그

『얼굴 어딨어』는 자연이 만드는 풍경을 순수 시각으로 묘사하고 진술한다. 시인은 외부 세계를 지각하기 시작하는 아이의 눈으로 현상을 바라보고 인식의 세계를 점차 확장해 간다. 또한 아이에게 다가가 무조건적 수용으로 창조적 세계를 그린다. 그러므로 유제희는 자연이 만드는 풍경으로 동시의 새로운 좌표를 만든 시인이다.

《당진 문학 10주년 리미티드 에디션》은 지역 문학의 기록과 작가들의 목소리를 담기 위해 기획된 한정판 시리즈입니다. 문학의 본질에 집중하고자 절제된 디자인과 단순한 구조를 선택했으며, 작품의 여운과 언어의 깊이를 오롯이 전달하고자 하는 의도로 제작되었습니다.

얼굴 어딨어

초판 1쇄 **2025년 10월 10일** 초판 1쇄 발행 **2025년 11월 01일**

지은이 **유제희**
발행처 **재단법인 당진문화재단**
주소 **충남 당진시 무수동 2길 25-21** 전화 **041)350-2932** 팩스 **041)354-6605**
홈페이지 **www.danginart.kr**

크리에이티브 디렉터 **북베어** 경영지원 **한정희** 책임편집 **최은주** 교정교열 **김지윤**
디자인 **김지은 · 유승연** 멀티미디어 **이예린** 마케팅 **김도윤**

펴낸곳 **자유의 길** 등록번호 **제2017-000167호**
홈페이지 **https://www.bookbear.co.kr** 이메일 **bookbear1@naver.com**

ISBN 979-11-90529-41-9 (03800)